Paola Amadesi

Racconti animaleschi

Il cavallo giovane ed il cavallo vecchio.

Gli uomini erano appena andati via.

Non parlavano la loro lingua ma, dopo tanti anni di vita insieme, lui aveva capito lo stesso.

Sapeva. E niente era più come prima.

Guardò il vecchio nel recinto adiacente al suo, e scrollò la testa. La scrollò ancora, sempre più forte, per allontanare quel pensiero molesto. Infausto. Letale. La criniera bianca seguì il vento, come corallo chiarissimo, come l'aria. Come aria, inesistente ma necessaria. Inarcò la schiena, alzò la groppa, calciò.

L'altro non lo guardava. Non avrebbe più potuto guardarlo. Era cieco. Completamente cieco. Il giovane pensò che la decisione degli umani doveva essere stata assolutamente l'unica da prendere, perché di solito, quando erano malati, venivano curati…Invece, quella volta, no. Quella volta il vecchio doveva morire.

E se ne stava lì, come un vecchio guerriero senza più armi né forza, senza volere.

Fu preso da una gran rabbia.

Gli girò attorno, ancora ed ancora. Niente. Nessuna reazione. Se n'andò in fondo al recinto, lontano da lui, a pensare a quando era piccolo, e il vecchio, che allora non era poi tanto vecchio, gli insegnava come correre senza farsi male, come rialzarsi dopo una caduta per la troppa velocità. Lo abituava ad abituarsi agli umani. A non avere paura. Non si erano mai visti, prima. Eppure, il vecchio sauro lo aveva accolto. Sì, però innanzi tutto gli aveva preso il collo tra i denti e lo aveva strattonato ben bene. Si ricordava ancora la testa vuota, il cervello sballottato.

Che confusione. Lui ci aveva provato a fargli capire che era molto giovane, sì, un puledro di appena un anno e mezzo, ma che era intero, non un castrone come lui. Che aveva personalità e forza. E che un giorno avrebbe coperto le fattrici. Al vecchio non gliene importava niente. Tanto per inculcargli bene il concetto di "rispetto", gli era corso dietro con abilità, fino a che il giovane sprovveduto non era caduto a terra in una curva un po' pericolosa. Il sauro si era sentito soddisfatto, si era fermato affannato, poi, con altera noncuranza gli si era avvicinato, trionfante. Generoso, lo aveva aiutato a rialzarsi, con piccole spinte del muso sul collo del giovane e sulla sua groppa.

Dal quel momento in poi, era stato chiaro chi fosse tra i due a dettare legge.

Del resto il giovane non era così stupido da continuare inutili ribellioni.

E si era rimesso all'autorità del vecchio.

Lo guardò, girando appena il grande occhio scuro.

Il sauro teneva la testa bassa, come non aveva mai fatto.

Non lo guardò più.

L'uomo che c'era sempre, quando qualcuno di loro stava male, aveva deciso così.

La padrona aveva pianto e lui se n'era accorto.

Pianto ed abbracciato il vecchio sauro, disperata.

Brutto segno, non era mai successo.

Ed aveva pianto proprio dopo che l'uomo che li curava era andato via.

Vero: il sauro era molto vecchio ed aveva il respiro sempre corto.

Quando mangiava faceva fatica ad ingerire il fieno: stava ora su di una falda.

Poi, quel suo osso navicolare ormai era andato, e zoppicava.

L'anteriore sinistro sembrava non appartenergli: lo buttava qua e là malamente, a volte inciampava.

Il ricordo del giovane era invece concentrato su quelle corse folli nella scuderia di campagna, quella che avevano dovuto lasciare perché il contratto d'affitto non era stato rinnovato.

Allora si erano trasferiti tutti in massa: le odiose altezzose capre in macchina con la padrona, e loro due su di un van.

Erano arrivati lì, sempre in campagna, ma in un posto affollato.

Insieme con altri compagni, come tanti. Invece, prima…Prima era diverso. Solo loro, coccolati. Erano ancora coccolati dalla padrona ma, la gente che passava lì non guardava soltanto loro come prima.

Perché nel nuovo posto, appunto, erano in tanti.

Lo spazio era più piccolo, il cibo soltanto in determinati momenti, mentre prima mangiavano quanto e quando volevano…E non potevano entrare in casa, e nemmeno scorrazzare dappertutto. Solo nel recinto, ognuno il suo.   Almeno erano vicini.

Il sole scendeva sui campi.

Si avvicinò al vecchio, lo sfiorò col muso di velluto sulla fronte.

Non si mosse.

Aveva capito, si chiese? Aveva capito che la mattina seguente lo avrebbero addormentato per sempre? Spinse un po' di più col muso.

Niente. S'impennò di rabbia. Galoppò un po' più in là.

Era buio.

Gli occhi ciechi, come beffa, rilucevano nell'oscurità.

Gli si avvicinò ancora. Guardò distrattamente il cibo che gli avevano portato.

Non era il momento.

Gli si mise di fronte, orecchie indietro, ben tese dietro la nuca, in atteggiamento di chiara sfida. Mostrò i denti, vibrò.

L'altro girò la testa verso di lui. Drizzò le orecchie. Si avvicinò di più alla staccionata.

Il giovane si scagliò su di lui.

Aveva capito? Se non era così, qualcuno doveva farglielo capire. Dove erano andati a finire tutti i suoi buoni insegnamenti del passato? A cosa erano serviti? Orgoglio, forza, sopportazione. Tenacia, ecco. Lo rivide dritto davanti a lui, mentre gli insegnava le buone maniere, anche con un anteriore zoppo. C'era poco tempo: si sarebbe fatto giorno.

Ora toccava al giovane insegnare qualcosa al vecchio. Non si era mai permesso, ma le circostanze lo imponevano. Aprì la bocca, e con un solo movimento gli prese il collo tra i denti.

Cominciò a scuotere, sempre più forte. L'altro lo lasciava fare. Soltanto un debole lamento, era uscito dai soli poveri polmoni. La bocca del giovane percorse allora tutto il corpo del vecchio, scoprendone la pelle, lasciando ferite sparse ovunque, fino alla groppa.

Ci avrebbe pensato lui. Meglio lui, di chiunque altro.

L'altro non reagiva. Era giusto così. Meglio lui, dell'uomo. Meglio lui. Voleva dimostrargli di avere ben appreso l'insegnamento di un tempo.

La sua furia crebbe: bocca spalancata, pelle fremente, narici dilatate, crini come fili d'acciaio.

Zoccoli come marmo, tempesta inarrestabile, che allontanava ogni dolcezza.

Per conservare quella dentro il cuore, sciolta nei ricordi.

Piano piano, si fece giorno.

Maggie che si credeva un cane.

La vedeva arrivare ogni mattina. Lunghi capelli neri, lisci per giunta, voce potente, rideva.

Lei invece era tutta riccia e beige, e spesso il mangime le andava in mezzo alla lana folta e dopo faceva prurito. In più, là in mezzo si attaccava di tutto, ed era un altro fastidio.

L'umana però le era istintivamente simpatica.

In più, le andava vicino, la guardava con occhi buoni, e le passava deliziose caramella alla menta attraverso la rete della recinzione. Un po' troppo fitta, a dire il vero, però le caramelle ci passavano bene, tra quelle maglie strette. Si era talmente abituata alla visita mattutina, che si era ritrovata ad aspettarla con gioia. Maggie viveva da sempre col branco dei suoi simili: begli esemplari di pecore Suffolk, con lana folta chiara e muso nero. Occhi grandi dorati e orecchie penzolanti, molto rassicuranti. Ogni tanto doveva litigare coi suoi parenti: loro erano troppo restii a fare amicizia, troppo ombrosi. Ed al maneggio d'ombrosità ce n'era a piene mani, con tutti quei cavalli!

Lei cercava invece di fare amicizia, perché si era accorta che gli altri animali, quelli che stavano sempre con gli umani, che scendevano dai loro mezzi di trasporto, che correvano con loro, che li seguivano a cavallo, quelli che mangiavano carne e che a volte erano un po' pericolosi; quelli che tante volte si era vista alle calcagna a comandarle dove dirigersi col branco, insomma quelli erano benvoluti. Gli umani parlavano a loro, gli davano buon cibo, li facevano divertire. Erano molto amati. E dato che lei a stare sola con i simili immusoniti si annoiava, ci provava sempre a farsi notare. Aveva escogitato un ottimo sistema per farsi salutare subito dalla sua amica: quando la vedeva arrivare, apriva la bocca ed emetteva un lungo e profondo belato, che le riusciva benissimo. La sua amica umana allora cambiava faccia, diventava più bella: s'illuminava, le risplendevano gli occhi. E andava subito da lei a portarle non soltanto più caramelle ma anche pane e carote. Una meraviglia! Poi successe una cosa. Bisogna dire che Maggie ci aveva provato tante volte a fare i piccoli, ma non ci era mai riuscita. E quando ce l'aveva fatta i piccoli erano morti subito dopo. Non aveva mai capito perché. Eppure stava lì tranquilla a dare loro il latte, cercava di muoversi poco ma niente da fare. Il padrone aveva cominciato a guardarla storto. Beh, ma non era mica colpa sua se non figliava. Si era accoppiata col maschio triste tante volte, ma nessuna con successo.

Una mattina il padrone scherzava coi suoi amici lì vicino al recinto. Doveva essere qualcosa di molto divertente perché la guardavano e ridevano.

Poi era arrivata la sua amica, e gli uomini le avevano detto qualcosa sempre ridendo.

La sua amica, però, non aveva riso. Anzi, era diventata brutta, la bocca all'ingiù, gli occhi accesi. Poi aveva detto qualcosa forte ed aveva tirato fuori dalla tasca della carta colorata che piaceva sempre agli uomini, e l'accettarono di buon grado. Subito si era aperto il cancello della recinzione, quindi le avevano messo una corda al collo e consegnata alla sua amica.

Dopo pochi minuti si era trovata in un gran recinto, in compagnia di un cavallo anziano e tranquillo e un paio di capre nevrotiche. Per prima cosa, una corsa. Con la sua grossa mole goffa, tutta la sua lana e le orecchie che danzavano nell'aria. Le capre la guardavano altere, un po' disgustate. Il cavallo la seguì. Allora Maggie aveva allungato il muso verso di lui, ed erano cominciate le delicate presentazioni di sbuffi e soffi da narice a narice. Tutto bene. Il cavallo l'accettava. Meno male!

La prima notte era stata tutta un susseguirsi di sorprese: da lì poteva vedere il chiarore del cielo stellato, udire i latrati dei cani, seguire i movimenti sotterranei della terra e quelli delle sue creature.

Anche se il giaciglio era confortevole, talora si alzava ed andava ad annusare l'aria, faceva una corsetta e tornava a dormire accanto al cavallo, che le faceva caldo col suo grande corpo sdraiato a terra. Il mattino seguente era ritemprata, nel corpo e nello spirito. Mangiò felice, quando l'uomo di scuderia portò tanto buon cibo, quindi aspettò la sua amica con trepidazione e non appena la scorse in fondo al vialetto, si alzò in piedi sulla recinzione e si esibì in un magnifico belato di saluto. L'amica entrò nel recinto: finalmente potevano salutarsi senza reti nel mezzo! Poi si chinò verso di lei, così Maggie poté avvicinarsi e farsi carezzare a lungo il muso vellutato.

Un giorno la sua amica, visto che Maggie cercava sempre di uscire non appena il cancello restava dischiuso, le permise di correre attorno al recinto. Che scorrazzate! Giù nel fosso, sopra il fosso, a mangiare erba fresca. Quando però sentiva il richiamo dell'umana, correva da lei subito, giocosa, le lunghe orecchie svolazzanti, a sottolineare una felicità autentica. Con la sua voce profonda rispondeva al richiamo poi si fermava a ricevere cibo e carezze.

Un'altra vola la sua amica arrivò con un bel collare di tela nera, in tinta col colore degli arti e della testa di Maggie. Glielo mise al collo, senza stringere, poi le agganciò una corda e cominciò a camminare. Maggie la seguiva docile. Del resto lo aveva visto fare tante volte alla cagnolina dell'umana, perché non farlo anche lei? Era piacevole, niente di drammatico. Bastava andare di pari passo, e la corda non tirava. L'amica poi si fermava a farla mangiare, non strattonava, pazientava se lei si arrestava. Le loro passeggiate erano tutta una scoperta. Un gioco, un divertimento.

Quando poi giunse l'estate, la sua amica le tagliò la lana a mano. Ci volle molto tempo, ma Maggie pazientava. Anche perché l'aveva legata sull'erba, e l'attesa era ingannata dal placido pascolare.

Qualche giorno dopo, l'amica la portò fino al lavaggio dei cavalli.

Maggie si era ritrovata legata accanto a due altissimi equini, che la guardavano con aria un po' snob. Poi aveva sentito l'acqua fresca addosso, e mani che la sfregavano energicamente. Ed un profumo dolce sul corpo, che arrivava fino alle narici.

Beatitudine! Tutto lo sporco di anni (non sapeva nemmeno lei quanti, chissà che età aveva!) scivolava via, e restava solo il profumo e la sensazione di freschezza e leggerezza.

Fu molto orgogliosa quando, messa ad asciugare al sole sull'erba, gli umani facevano a gara per carezzarla e farle complimenti.

Fu molto orgogliosa di sé: era stata capace di vincere la paura, di fidarsi dell'amica a due zampe e di prendere la decisione migliore della sua vita: essere un cane.

Undici cavalli.

Quella notte pioveva, è questa è una certezza.

Loro non erano tranquilli.

L'aria era gonfia di dolore e di morte.

Non c'era silenzio, quella notte.

Il respiro di Rudy era affannoso.

Le grandi narici si dilatarono, a scandagliare ogni odore sconosciuto.

Le ruote del grande mezzo erano silenziose come serpenti tra l'erba alta, ma le orecchie di Rudy danzavano nervosamente. Sbuffò, cercando in vano riparo nel box di legno situato alla fine del recinto.

Poi, uscì nuovamente.

Chimera gli lanciò un lungo sguardo d'intesa: anche lei aveva capito, ed era altrettanto inquieta.

S'impennò per tagliare e liberarsi dell'aria piovosa, emettendo un nitrito acuto, del tutto femminile.

Disse a Rudy che era pronta. Lui scosse il capo su e giù, annuendo.

Poi nitrì a sua volta, con voce bassa spezzata da una paura che diventava certezza come la pioggia.

La rampa del camion scese con un lungo cigolio, quasi impercettibile, simile allo scricchiolio del ramo di un albero, soltanto più metallico, e più fastidioso.

A Rudy venne la pelle d'oca.

Gli tornò tutto davanti gli occhi: la sua terra, le distese sassose, il viaggio, Antonio.

Chissà dov'era, Antonio…Lo aveva visto qualche giorno prima, sarebbe tornato presto, gli aveva detto. Non lo aveva mai deluso, Antonio. Lo aveva sempre trattato bene, comprato il cibo ed i finimenti migliori; lo aveva curato nel bisogno, rispettato, amato. Sempre. Fin da quando era puledro, e non sapeva come comportarsi, ed Antonio glielo insegnava…Spalancò gli occhi nel buio.

Mise a fuoco gli uomini che avanzavano a rompere la notte, stringendo tra le mani cavezze di corda intrecciata stretta. Ed Anche fruste, nerbi di bue, che evocavano ferite.

Rudy prese ad andare su e giù, Chimera gli consigliò di mantenere la calma. Ma poi non fu così per lei. Quando l'uomo entrò nel suo recinto e le mise la cavezza s'impennò ancora.

Perché quell'uomo non era Cristiano, il suo cavaliere. Non aveva il suo odore, la sua voce, i suoi capelli, le sue mani. Calciò nell'aria e l'uomo la strattonò. Quando l'ebbe trascinata fuori del recinto, lei poté vedere bene il camion, appostato come belva nell'ombra. Allora si alzò sui posteriori e rampò all'uomo. L'umano tirò con forza la corda, che fece leva su quella posta sul naso della cavalla, che per un istante smise di respirare. L'uomo la legò al recinto, la maledì, se ne andò.

Chimera finalmente sentì l'aria entrare nei polmoni.

Rudy in quel momento gridò aiuto, e tutti i cavalli risposero al suo richiamo, terrorizzati.

Quando lo presero, il suo cuore iniziò a battere più forte ed i suoi occhi s'ingrandirono, fissi nel buio della notte. Niente da fare: la corda tirava, e più tirava, più a lui mancava il fiato. La sua grossa mole non poteva reagire, e sarebbe bastato un suo movimento per uccidere l'uomo. Ma senza fiato, non poteva. E la corsa era sempre troppo tesa. Seguì l'uomo col cuore in gola, il largo e forte petto sobbalzante ad ogni passo. Le frustate giunsero puntuali, quando si fermò cercando di indietreggiare davanti alla rampa. Fruste lunghe, più corte, nerbate. Sentì la corda tesa dietro di sé lambire i garretti, che già gli dolevano. Era finita. Girò la testa: Chimera tirava indietro, tentando di liberarsi. Poi si fermò a guardarlo, disperata.

Rudy salì.

Le pareti del camion erano imbrattate di sangue rappreso, vecchi escrementi, e bava di terrore.

Sentì avanzare dietro di sé gli altri cavalli. E ad ogni cavallo che saliva, lo spazio all'interno del camion diminuiva. Ne contò altri dieci. E si trovò con la testa girata da un lato, la mascella aderente ad una parete del lurido mezzo di trasporto di quei macellai clandestini e senza scrupoli. Il suo valore, in quel momento, era dato dalla sua mole, soltanto dal suo peso. Non dalle carezze ricambiate con un giocar di labbra, non dagli sguardi d'intesa, o dal suo carattere pacifico e forte.

Batté la fronte.

Poi la rampa salì e fu solo un buio gravido di sangue.

Chimera non smise di nitrire fino all'alba.

Bianca.

Bianca sentiva scottare l'asfalto, come un infinito, liquido e untuoso braciere sotto i suoi polpastrelli troppo morbidi.

Saltellava, poi si sedeva.

Si alzava ancora, guardandosi attorno, in cerca della macchina.

Ce n'erano tante che sfrecciavano davanti a lei: era spaventata, ad ogni violento scossone dell'aria mossa dalla forte velocità dei veicoli.

Girò la testa: dietro di lei c'erano campi di girasole.

Avrebbe voluto raggiungerli, in cerca di refrigerio e magari di un po' d'acqua.

La lingua le usciva dalla bocca, i suoi polmoni erano al limite: ansimava.

Fece per andarsene, ma il collare le fece dolere la trachea e il guinzaglio, legato al guardrail, le impediva di muoversi.

Le scappava la pipì. Si acquattò per farla.

Il sole era una mano cattiva e ardente sulla sua piccola testa.

Si scrollò, ma il feroce caldo non se ne andava. Cercò di sdraiarsi, ma il guinzaglio era troppo corto, e lei era costretta a stare in piedi o seduta.

Doveva esserci un motivo, se l'uomo l'aveva legata lì: probabilmente qualcosa lo tratteneva, ma sarebbe tornato a prenderla.

E la "sua" bambina, poi, dov'era?

Se la ricordava seduta dietro nell'auto, le piccole mani aperte e appoggiate ai vetri. E grosse lucenti lacrime ad arrossarle gli occhi.

La bimba diceva qualcosa, gridava. Lei aveva alzato le orecchie e guaito.

Ma l'auto se n'era andata diventando in breve solo un punto scuro in lontananza.

Si accorse di avere fame.

Stava seduta, mentre, finalmente, il sole calava.

Poi, più niente.

Era caduta a terra, quasi strangolandosi, a causa del corto legaccio.

Aprì gli occhi: era avvolta nella sua coperta preferita, sul letto della "mamma".

Riconobbe la camera, sospirò di sollievo. La sua mamma umana le si avvicinò, prendendole la testa tra le mani e baciandola più volte tra gli occhi e il naso rosa.

La guardò. E si ricordò di quando l'aveva vista frenare di scatto, scendere dalla macchina e slegarla.

Poi l'aveva presa in braccio, le aveva bagnato la testa e dato da bere da una bottiglietta di acqua, con le sue mani.

Il viaggio era stato breve, e Bianca si era trovata in una casa confortevole, con cibo, acqua e giochi.

Poi era stata portata dal dottore: si ricordava il chiarore dell'ambulatorio e tanta paura che la faceva tremare. Quindi, riportata a casa.

Si era un po' invecchiata, erano passati anni. Ma era tanto felice.

Leccò il naso della mamma, e richiuse gli occhi. Fuori era freddo, ma Bianca sentiva il calore della coperta e dell'abbraccio della donna.

"Non ti lascerò mai", le diceva. E la baciava.

Bianca si riaddormentò.

Il sogno di Leo.

Nel sogno era più grande, possente, tutto d'oro.

Nella realtà non era molto alto, forse 1.55 al massimo 1.60, chi se lo ricorda più…

Sono passati tanti anni. Almeno venti, dalla sua morte. Più di trenta, dal nostro incontro.

Eppure, Leonardo torna la notte, prepotente. E questo è un tratto che aveva anche in vita.

Tra i tanti, lui è rimasto, indelebile.

Nel sogno è grosso, con la lunga criniera fluente, che gli copre la fronte.

S'impenna, rampa, ma sembra sorridere. Sorride un cavallo? Sì. Leonardo, però, era spesso cupo.

Beh, non c'è di che meravigliarsi.

La prima volta che lo vidi era chiuso in un vecchio box della cavalleria militare, di quelli che potevano ospitare due cavalli in posta. Larghi, spaziosi, ariosi. Lui, però, era furente col mondo.

Intravidi il suo occhio cupo, scuro, bruciante di rabbia. Poi il bagliore del pelo sauro appena bagnato dalla luce diurna estiva. E poi sono arrivati i suoi denti, il naso arricciato, le orecchie indietro, aderenti alla nuca, il suo salto spiccato verso l'esterno, col collo rigido.

Un attacco in piena regola. Nonostante questo, lui era già mio, dentro l'anima.

Di sicuro, ci eravamo già conosciuti, in chissà quale vita. Una medium che, dopo qualche giorno dal nostro incontro ci vide camminare fianco a fianco confermò questa mia impressione e raccontò una storia altamente romantica, ambientata nella Venezia del Cinquecento. Mah…Ad ogni modo, lo conoscevo da sempre. Con le sue ribellioni, le sue sfuriate. Mi feci raccontare qualcosa di lui, ma si sapeva poco. Se non che avesse corso qualche piccolo palio, che gli fosse morto il proprietario e tenuto quasi un lungo anno chiuso in box, dove si era ammalato a causa dei suoi stessi escrementi, delle urine dense di ammoniaca, della sporcizia e incuria. Poi, era stato castrato all'età di tredici anni. Proprio quando lo vidi io. La razza, un'incognita. Dicevano fosse un anglo arabo, ma il folto pelo alla base delle gambe tradiva un'origine più fredda. Non sopportava di restare legato ai due venti, non accettava di essere sellato e questo era comprensibile: una vistosa e profonda, sanguinolenta fiaccatura al garrese ne giustificava il terrore. Non si faceva toccare la sommità del capo: io presumevo violente botte date in conseguenza alla sua abitudine di impennarsi.

Lo comprai, me lo chiese. Il veterinario alla visita di compravendita mi chiese se avessi intenzione di fare beneficienza: era tutto un acciacco, tutta una malattia.

Lo portai via comunque, in un posto tranquillo: non sarebbe mai riuscito a diventare un cavallo "da maneggio", un cavallo da scuola. Lo aspettava solo una fine da scatolette per cani. Invece ebbe cibo, cure e tanta pazienza. Nel giro di un anno, riuscivo a sellarlo con calma e a sfruttare la sua tendenza ad alzarsi per piccoli e divertenti spettacolini ad uso degli amici. Qualche volta mia addobbavo da *rejoneador*, mettevo una base musicale e lo facevo ballare. Leonardo si divertiva a ballare. Ma ancora di più si divertiva a prendermi la mano in passeggiata e farmi spiacciare le zanzare sugli occhiali, a farmi rientrare in box di corsa abbassando la testa all'ultimo momento per non finire ammazzata.

Era volitivo, decisionista, velocissimo ed egoista. Però mi amava, lo sentivo. E io amavo lui.

Quando decisi di iscriverlo al vecchio repertorio per cavalli da concorso, lo feci registrare come "Leonardo Da Vinci", per dargli una dignità che gli avevano tolta.

Lo preparai come si fa con un puledro per il lavoro in piano: un'impresa da certosini.

Calciava, si impennava, volava via. In "C" quando eseguivo un "alt", scalpitava per ripartire.

Galoppava come al Grand Prix, non si riuniva, sgroppava. Un disastro.

Feci un lavoro lungo e paziente, finché si mise in mano.

Si lasciava montare solo da me e qualche amica fidata. Punto. Con chi tentava di approcciarlo metteva in atto tre piani: A – Tremava tutto, un tremito forte, sussultorio, che faceva discostare il malcapitato. B – Si attorcigliava come un serpente attorno alla persona, calciando. C – Si rimpiccioliva come un gomitolo e saltava addosso a denti aperti. Et voilà, la persona era dissuasa!

Ma con me no, con me era un'altra storia. D'amore.

Dopo ancora altri mesi di lavoro, facemmo qualche piccolo concorso ad ostacoli sociale e qualche rettangolo in cui io ottenni punteggi altissimi per il mio intervento su di lui, il che equivale a dire che la mia pazienza era ormai proverbiale!

Poi Leo non ce la fece più: la sua navicolite si aggravò e dovetti lasciarlo fermo.

Fece però un ultimo sforzo e, con la giusta ferratura, un giorno di dicembre mi portò fino alla chiesa in cui andavo a sposarmi.

Poi, il resto della sua vita trascorse ad ingrassarsi e oziare in paddock, anche perché aveva perso la vista da un occhio. Ma era sempre il mio amore, il mio medium, quello che sapeva in anticipo come sarebbero andate le cose. Bastava abbracciarlo e ascoltare il suo respiro. Io capivo.

Nel sogno è enorme, sovrasta le cose, è impetuoso e dominante.

Sul mio comodino, la sua faccia da schiaffi si mostra dentro una cornice d'argento. Solo per lui.

Le cavalle di Sante.

Muschio gonfio d'acqua a pena scaldata da un raggio solare intrepido, sfacciato, tra rami intricati.

Le gambe forti si districano dalla posizione notturna, i muscoli si tendono; le cavalle di Sante si rialzano, scrollando manti multicolori, criniere come coralli, lunghe e lanose, inumidite dalla stessa rugiada che si è posata sui pini. Nessuna mano le ha pettinate, laccate, intrecciate.

Sante le ha volute così: di tinte diverse, caleidoscopi di peli a formare arabeschi, punti di colore, fiori, stelle, pomellature, un rincorrersi di pezzature. Le ha pensate prima nel cuore e poi disegnate con fattrici e stalloni, ricamate, puledro dopo puledro, costruite a partire dai cavalli italiani mischiati agli *Appaloosa* Sioux, Cheyenne, Arapaho o Comanche.

Purosangue romagnole, le chiama qualcuno senza fantasia.

Sante le ha desiderate, amate, protette, vegliate con gli occhi piccoli, mossi da un'intelligenza acuta.

Sante non smette di curare i loro passi.

Passi tranquilli, a calciare strobili rinsecchiti dell'estate precedente.

Narici aperte, tonde, lucenti e vellutate incamerano sentori.

Sbuffano quasi all'unisono, mentre i grandi denti spezzano erba con precisione e gli occhi all'erta non cessano di guardarsi attorno.

Un'alba serena, di grandiosa primavera.

Le fattrici tra i pini raggiungono la valle quatta e silenziosa, spingendo avanti i puledri per seguirne i movimenti insicuri.

Poi, lentamente, tornano al centro della pineta, scuotendo il collo, come a pettinarsi; qualcuna si gratta l'orecchio con la punta dello zoccolo posteriore, mostrando un equilibrio a regola d'arte.

Sante le ha create proprio così: forti e resistenti, adatte a viaggi e gite, con piedi affidabili.

Unghie a contatto con la terra, senza ferri, nude e spesse.

Cavalle fatte per condividere con l'umano la possibilità di gioia.

I puledri al centro del branco, giocano tra loro, mentre le madri li imitano, mostrando i denti l'una all'altra, addrizzando poi le orecchie verso il posto dove i cavalli stanno rinchiusi.

Non è molto distante: pochi chilometri che sembrano migliaia.

In quel luogo c'è una grande costruzione di cemento, da loro solo intravisto durante il viaggio verso la pineta. Dentro l'edificio, che gli umani chiamano *scuderia*, ci sono tante celle, che gli umani chiamano *box*, con porta e finestra, dove dormono, mangiano, vivono e sospirano i cavalli. Uno per cella. Poi qualcuno li tira fuori, li prepara, li monta; poi di nuovo nella cella.

D'improvviso, ecco provenire da quel posto, odore di maschio.

Narici che si chiudono per trattenere l'odore, nitriti che si levano e richiamano ogni femmina al branco. Orecchie dritte, tese in avanti:

un galoppo si avvicina. Prima il rumore era più lontano, ma ora si fa sempre più prossimo. Come l'odore di maschio, che conoscono bene, perché Sante non le fa concepire con una fialetta, ma con un cavallo. Un loro simile. Un maschio. Uno sempre pronto a portare scompiglio tra i puledri, un disturbatore egocentrico. Come quello che ora corre col fiato grosso verso di loro. E si ferma. Muscoli tesi, coda rialzata a pennacchio, folta di crini setosi, narici dilatate. Le chiama con nitrito lungo. Ma non è la loro stessa lingua. Questo urla, quasi, mentre loro, al massimo, alzano un po' la voce. E' interamente bardato con sella e testiera, paratendini e paranocche. Doveva esserci stato qualcuno, là sopra. Un umano caduto a terra. E il cavallo deve averne approfittato per godersi un po' di libertà. Fatto sta che adesso è solo e si atteggia a bellimbusto. Trotterella attorno al branco. Scuote la testa, mettendo in risalto la criniera bianca e lucida, pettinata e curata, candida come il corpo, privo di qualsiasi macchia. S'impenna e mostra gli zoccoli puliti, con ferri che mandano bagliori nel sole.

Le cavalle di Sante si guardano.

Un momento solo, un istante imponderabile e si dispongono in cerchio, puledri dentro, posteriori in fuori.

Il maschio si avvicina baldanzoso, annusa una bella groppa che sporge dal gruppo.

E un'altra, un'altra ancora. Pare sorridere.

Poi, dalle groppe, si leva il dolore alle mascelle, ai denti, al naso.

Calciano ritmicamente, una dopo l'altra, come un accordo musicale.

Una melodia che impone rispetto al momento della cura dei puledri ed all'allattamento. Poco importa se fa male.

L'importante è che l'intruso lo abbia capito. Infatti torna sui suoi passi, e stavolta scuote la testa per un valido motivo.

Un intruso, ecco. Che se ne torni da dove è venuto, quello lì. Non è il momento.

Quando lo sarà, si vedrà.

Ci penserà Sante, che è appena arrivato. E ride.

Il ricevimento.

Piccola ansimava nella notte.

Bocca aperta, lingua fuori.

Il suo ansimare muoveva il vecchio materasso, facendoci sussultare entrambe.

Troppo caldo improvviso. L'aria non entrava dai vetri aperti: le massicce persiane chiuse tenevano fuori la luce, ma soffocavano. Via lenzuoli e coperte, ma non bastava. Dopo avere imbevuto uno straccio di acqua, le passai sulla testa un po' di fresco: il mio vecchio cane chiedeva aiuto. Tornai a letto, ancora caldo. Mi alzai di nuovo, nonostante il ginocchio dolorante e mi tolsi il pigiama blu a righe verdi che decenni fa era stato di mio padre. Mi sdraiai nuovamente. Piccola smaniava e non trovava il posto giusto per accucciarsi. Poi, con forti spinte, infilò la testa sotto il mio cuscino: evidentemente stava per scoppiare un temporale. Piccola, terrorizzata da tuoni e tempeste, fin da cucciola usa il metodo di nascondersi per affrontare la sua paura personale. Deve essere per questo che la scartarono dalla muta di caccia…Il silenzio notturno era rotto dalle risate che arrivavano da Villa …, in questo paese di campagna vicino a Ravenna. Un matrimonio, probabilmente. Qualche ora prima, a tardo pomeriggio, avevamo visto donne eleganti su tacchi altissimi e uomini in scuro ben pettinati. Ed uno stuolo di auto nuovissime che lasciava pensare che la crisi economica fosse solo una questione marginale. I clacson avevano urlato a lungo.

Nella campagna immobile di una notte di maggio, arrivavano i suoni delle musiche disco anni Settanta e tante risate. Del resto, se uno non ride il giorno del suo matrimonio, dopo non avrà più motivo per farlo.

Poi devo essermi riassopita. Non so quanto tempo passò da quel momento, ma l'urlo non tardò a giungermi alle orecchie. Un grido strano, come di animale ferito. Prolungato, flebile ma acuto.

Pensai di aprire la porta finestra, ma rimasi a letto. Piccola alzò le orecchie, poi tornò a seppellirsi sotto il cuscino. La carezzai più volte: insieme da dieci anni, ormai eravamo una cosa sola.

L'urlo non smetteva. Una donna, forse. Poi altre voci, concitate. La musica cessò. C'era solo il silenzio denso della campagna di notte. Interrotto sempre più labilmente dal grido.

Con uno sforzo mi alzai e aprì le persiane. Un lampo squarciava il cielo a metà. E illuminava il viale davanti casa, con tutte le auto scintillanti di pioggia. Tornai in camera, mi vestì e uscì ancora fuori, sul balcone.

La gente raggiungeva le proprie vetture in fretta, azionando i telecomandi che mandavano segnali luminosi a infrangere il buio a grande distanza, per essere pronta ad infilarsi nell'abitacolo al più presto. Gli stessi uomini e donne che poche ore prima erano arrivati pronti a divertirsi con gli amici, ora avevano facce stravolte, il passo veloce, il terrore negli occhi. Poi, il buio fu nuovamente illuminato da grandi luci blu. Le voci sempre più concitate, mentre uomini affannati portavano lungo il grande viale alberato della villa una donna in bianco, distesa su una barella. Dal balcone di casa scorsi inequivocabilmente una grande macchia rossa sull'abito da sposa di grande sartoria. Una macchia offensiva, dilagante, sulla seta chiarissima. Una bava rossastra dal seno all'inguine macchiava il femminile corpo inerme. In mezzo al volto, gli occhi erano rivolti al cielo, dilatati ed immobili.

Qualcosa mi tormentava, in quella visione. Ma non l'orrore della morte. Io ero lontana e al sicuro da quel trambusto mortale, eppure…Cosa avevo visto? Cosa mi turbava? Nella sonnolenza frustrata apparve un'immagine: una donna mora, con i capelli corti quasi maschili, che camminava su trampoli inusitati, dentro un vestitino a righe, poche ore prima, agli albori della festa. Cosa mi aveva colpita? Il suo passo veloce? L'abito o l'acconciatura? No: il suo sguardo di bestia ferita. Ecco cosa!

L'avevo vista camminare in mezzo alla strada alberata, raggiungere la sua vettura e poi fare ritorno alla villa per il ricevimento nuziale. Come del resto altri avevano fatto: ma lei era stata diversa.

Ogni suo movimento aveva trasudato un disperato dolore. Solo in quel momento ci facevo caso, a quel malessere in mezzo a tanta gioia festosa. A quello sguardo pronto a tutto….

Lunghi minuti trascorsero, poi le luci cessarono e furono chiuse le cancellate della villa.

Gli abitanti del piccolo paese di campagna, che erano usciti dalle case per vedere cosa stesse accadendo, rientravano ora parlando piano.

In lontananza una luce sanguigna deriva il cielo.

Piccola tremava sul letto.

La raggiunsi e l'abbracciai, ma non dormimmo più.